# 命の火

―詩ロマン―

笠原仙一詩集

*Kasahara Senichi*

竹林館

笠原仙一詩集

# 命の火

―詩ロマン―

序詩

# 願い

この世のすべては
心のありようで　変わるのですよ

怒ったら君も怒る
笑ったら君も笑う
愛情一杯に育てたら草花だって喜ぶ

みんなこのいとおしい命を大切にしたい
愛しあいたい
笑いあいたい

この世のすべては

本当は魅力で満ちているのですよ
もっともっと感じて　とけあって
観つめて　想って
努力して
そうすればきっと楽しくなる
そうすればもっと幸せが満ちてくる

心を開こう
ポジティブに生きよう

僕はひよっこ詩人
心自由な優しいひとになりたい
命あることの喜びを抱きしめ
みんなで　憲法ロマンを暮らしの中に満たしたい
そう願うだけ

# 目次

# 命の火

―詩ロマン―

# 詩ロマン

人間不信も傲慢も絶望も
無も無常も
詩ロマンに変えましょ
どうせ人間死にまする
心閉ざしても孤独でも
笑っても友に囲まれても同じ一生
それなら夢を抱いて生きる方がどんなに楽しいことか

ポジティブな心は　娑婆を喜びに変えまする
命あることがいとおしく
お酒も会話も友も　沁みて幸せです
朝起きれば小鳥たちの会話が聞こえてくるのです
寝る前には感謝して手を合わすのです
いとおしさ　やさしいこころに満ちる　これぞ詩ロマンです

思えば　日本国憲法はほんとに詩ロマン
みんな笑って
みんな友達　みんな平和なんて夢みたいな話
九条なんて　中国やアメリカや
世界中の弱肉強食の人間や国から見れば
狂っているとお思いでしょうが
そんな国は弱い国と今の政権はお思いでしょうが
でも日本人　七十年近く愛してきたのです
日本人　日本国憲法を詩ロマンに変えてきたのです
そうして日本人　これからも日本の詩ロマンの道を作っていく
美しい故郷を愛で　浅草を愛で　技術と商売
創意工夫を愛で　おいしいものを愛で
伝統と文化と自由平等を愛す民主主義と平和の国
これぞ詩ロマン
日本人の　世界の　地球人の詩ロマン

それにしてもオモテナシの精神だなんて

あまりに詩ロマンじゃありませんか
日本人らしいじゃありませんか
人間を信じる夢のような話です
人を見たら泥棒と思え
通り魔や殺人が横行している時代に
もっと欲しい　もっと俺がー　と叫ぶ時代なのに
夢のようなお話です
そういえば千利休の時代もそうだった
あの戦国の世に　オモテナシなんて　茶で一服なんて
あの小さい　割れたら終わりの茶碗に一国の価値があるなんて
一期一会のこの世界
小さいにじり口から人がくぐって茶室に入れば
心と心が通じ合う世界が広がるなんて
やっぱりこれも日本人の生きる夢　詩ロマンだったのです

詩ロマン
みんな　朝《あした》に生まれ夕べには白骨になりまする
六月二十六日　愛する義兄が死にました

六月二十八日　孫が生まれました
兄さんは死ぬ二週間前まで入院をせずに店で働いていました
誠実で笑い顔の素敵な人で　見舞いに行くと
これが死ぬ時の気持ちか
みんなこんな気持ちになって死んでいったんやな
こんなに死に病は体が重いんか　辛いんにゃ　と
しみじみと語りながらも　わめきもせず涙も見せず
手を握ったり　足や背中をさすると
気持ちよさそうに眠るのです
死に顔は驚くほどきりりとした古武士のようでした
まさに詩ロマン　これぞ　詩ロマン

世界は詩ロマン　世界は魅力に満ちています
信頼し合って　助け合って楽しく生きることが一番
それが一番幸せなことなのです
朝は明るく挨拶しましょ
貧乏でも良いのです　日本には美しい自然がありまする
少しの食べ物で本当は良いのです

メタボなんて昔の人から見れば夢のような話です
一所懸命仕事をして　楽しい家庭を作って
自由に創造的に生きましょ
日めくりを楽しみましょ　それが詩ロマン
歌いましょ　笑いましょ　手を握り合いましょ
それが詩ロマン

二〇一四年七月

# おい　お客が来ないよ善光堂

停年退職前から店の準備をしてきて
二階の工房も造り　商品も仕入れて
開店準備万端
四月だ　さあ　いよいよ笠原善光堂復活だ

開店の日
ショーウインドーには目立つように復活の張り紙もして
特注で作った旗も二本　店の前に立てた
軽やかにシャッターを開け
朝の掃除もバッチリ

お客が来ないときは
主夫の仕事と漆修行
昔の木地を移動したり漆塗りの準備をしたり

さあこれでお客さえ来てくれれば

ところが
一週間経っても二週間経っても
待てども待てども誰も来ない
五月になっても六月下旬になっても来ない
あんなに商品を仕入れたのに
ロウソク線香ですら少ししか売れない
暇だ　ひまだ　ヒマだ
甘くない　世の中は甘くない
注文がなければ漆の修行もできない　困った困った
拭き漆ですら塗るものがないとできない　ましてや
本格的なものは売れるあてがないと値段が高くて塗ることもできない
だからお仏壇の塗り直しの注文が来ないと開店休業になってしまう
せめてロウソク線香でも買いに来てくれたら気が紛れるのだが
待てども待てどもだれも来ない
人っ子一人来ない

いよいよ周りも騒ぎ出す
いくら老舗と言っても十四年も閉めていたんだからなにが来るや
三年ももたんわ　先生やめんと再就職すれば良かったのに
お仏壇屋なんか今の時代みんな潰れているのによくやるわ
先生をしていたのに漆なんか塗れるはずがないわ
妻もさすがに心配し始めた
僕も　覚悟の上とはいえ焦り始めた
後悔し始めた
仕事がない　来ない来ない
ものごい*　南無三

そんな時
善光堂のピンチを見かねて助け船を出してくれたのが
昔から笠原家が家族ぐるみで交流していたおばあちゃんの親類
三国の後藤のえっちゃんだ
心配して　ほんなに暇なら家《うち》のお仏壇塗り直してや　と言ってくれた
本物の高級三国仏壇の復元だ
それも漆塗りだ

これこそ死んだおばあちゃんの助けだ
ご先祖様の助けだ
応援してくれている　ありがたい
涙が出るほどありがたい

さあ
最初の仕事だ　頑張ろう
サービスしまくって
最高の作品を作ろう
未来が広がる予感

＊福井弁で「悩む、心配になる、悲しい」の意味

二〇一四年七月

# 沁み変われ心よ

命が落ちる時
僕は何を夢見ているだろう

片思いと死の恐怖と受験ノイローゼに狂った
青春時代の夢だろうか
人間の難しさと闘った教師時代の辛い夢だろうか
それとも残りの人生での心のありようだろうか

いとおしい我が命よ
残り少ない我が時よ

民主教育の夢は破れたままで
詩の道も
漆や絵や地域文化創造の夢も

日本国憲法を守る夢も
少しでも自利利他行の生き方を　と
誓ってはいるが　夢　未だ至らず

僕の心よ
僕の残りのすべての時を
心澄まし　集中　精進　求めしながら
創造の　自由の営みに溶けよ
いとおしい命あるものの心へと沁み変われ

宙《そら》へ
万象へ
沁みとおれ

二〇一五年七月

# 希望

この世はままならぬ
人の生き死にや心は特にままならぬ

人は神さまのように完全に
水のように純粋に　柔軟に
生きていくことなどできない

でも
いつの時代でも
本当の価値に憧れ
心の美しさに憧れ
しあわせを求めて生きているひとがいる

人は多様でふしぎな生き物だ
実に面白い生き物だ
だから
希望がある
だから
詩の心を愛するひとも生まれる

だから
未来へ・・・

そんな希望だけで今は詩を書く

二〇一五年七月

*

# 乱

ミ　　ミ
見よ

戦争をする国へと突き進む傲慢な輩《やから》たち

戦後　守ってきた
平和な思いや　いとなみが
こんなにたやすく否定されて　イイノカ

ココ　こんなにも小さな国で
農地もない　資源もない　国で
ナ　ナニを　しようと　いうのか
ク　ク　国じゅう　電線やガス管や

水道管が敷き詰められている国で
ヒトヒトヒト　で　充ちている国で
五十六基もの原発が震えている国で

セ
　セ
　戦争を　する国にしよう　というのか

やっと
平和憲法のもと
世界の国々と仲良くして
みんな平和で　助け合って　豊かになる
そう誓って
働いて働いて　やっとここまで頑張ってきたのに
やっと

ア
　ア

ア

ナ　なんという果てしなき欲望よ　傲慢よ
なんという狂よ

滅ぶべきは
九条か
滅ぶべきは
専守防衛の思想か
滅ぶべきは
民主主義か　平等を願うこころか
滅ぶべきは
誠実か　やさしさか　真実か　慈しみか　愛か

いな
　いな

滅ぶべきは

戦争をする国へと仕向ける輩だ
権力を弄び　軍事国家　独裁国家へと憧れる輩だ
日本国憲法を変えて国民を臣下にしたい輩だ
権力者の自由な国へと憧れる輩だ
アメリカと一緒に　そしてゆくゆくは・・・
強い国を夢見る狂った輩だ

見よ

滅ぶべきは
この平和を願うこころか
滅ぶべきは
罪のない子供たちの未来か　自由を求めるこころか
この地球で慎ましく精一杯生きている命達か

いな
　いな

滅ぶべきは
　滅ぶべきは

憲法を変えようと企むあの傲慢な輩たちだ

集まろう　国会議事堂に
選挙に行こう　投票所へ

二〇一五年九月

# そして馬山才之助*は殺された

夕陽を浴びて輝くビルの
稲妻のように走る亀裂の上を
蟻のようにへばりついて走る
車の列　列　列

　働け
　さらば与えられんジユウを

そのオフィスや工場の中
すべてが命令と数字の中で
吸いつくされる脳髄
ヒラメになる眼球
あぁ　そんなに発明の神は降りて来ない

技術を　発明を
さらば与えられんシンポを

マネーは神　利益は善　数字は鞭
情報は武器　出し抜け　すべては結果だ
ゴマをすれ　競争だ　企業戦士よ
負け組になりたいか　失敗は死　貧乏は死だ

勝ち組へ　生き残れ
さらば与えられんユタカサを

流される映像　流される歌と踊り　流される流行
流されるニュース　流されるグルメ
釣られて舌鼓を打つのは　踊るのは　しゃべるのは
スマホ片手の着飾る人魚　サンマの群れ
すべては　操作　まやかし　踊れ笑え歌え

もっと　酔え　しゃぶれ　吸え

真実を捨て去れ　骨の髄まで染まれ
さらば与えられんカイラクを
さらば与えられんヨロコビを

そしてとうとう
日本の清廉の士馬山才之助は裸にされ
次々と夕陽のガンマンに撃たれていった
線路の上には　あっちにもこっちにも
才之助の首らしきものが点々と転がり
軒先には才之助の夢見た菊の片割れが
転がっていた

遥か高い塔の上の　夕闇迫る闇の中からは
禿鷹の目のようなライトが
ポッ　ポッ　と
下界を物色しているかのように
光っていた

その頃　都会から遠く離れ
忘れ去られた紅葉咲く野山では

秋の　夕暮れに
お地蔵様と
赤とんぼ
ススキの穂は　金波銀波のようにうなだれ
赤く熟した柿の実は
取り手もなく澄んだ空に貼りついていた

変わりゆく日本の雲に
馬山才之助の影

心滅びて山河も無し

＊太宰治「清貧譚」の主人公

二〇一五年十月

笠原仙一作

# 春という季節だけが

ふるさとはさらに遠く
それはもう　カール・ブッセ的だ

あれから幾星霜の日々が流れ
それでも君は忘れ去られたような町の片隅で生きていた・・・・
春が来ると路傍に咲く小さなふきのとうになっていた
夏が来ると暑さに耐えながらそれでもひまわりになっていた
秋は光り輝く紅葉にとけて
冬は雪の重みに耐える竹になっていた

おーい
　　　　おーいと呼んでも
　　　　　　誰も応えず

木霊は　己の心に響くのみ

それでも
冬が過ぎると
太陽はほんのりと暖かく

梅の花　桃の花
猫柳　白木蓮　菜の花　菫
春光輝く　雪解け水の川の流れ
大好きな桜も待っていてくれる

必ず来る春という季節だけが
ホッとするほど　真理的で
ただ一つの君の希望になってしまった

二〇一五年十一月

# 三島と対峙する死に方を願う

あと少ししかない命の中で
何を遠慮するのだ　何を臆病がるのだ
このまま流されていくならば
絶望が　怨嗟が日本を襲う
ひととして闘うのだ　声を上げるのだ
滅びの中で座して死を待つか　座して死を待つか
いな　いな　否　だ

おー　もう
悲しいかな日本人には　美しかった山河もない
文化や誇りは　アメリカの独占商業主義に破壊されて
優しくて誠実な人々は　居場所を失い
孤独に泣いている

今にもう日本は
北朝鮮や中国のような軍事独裁国家となり
悲しいほどの格差に満ち
日本の大地は放射能によって益々汚染が拡大されていくだろう
そして　昔あこがれた良心や理性　真理や自由平等平和という世界
日本国憲法の精神などはとうの昔の話となって
我らを喰うのは
支配するのは　襲うのは　人の顔をした鬼人《おにびと》
ネオナチの輩《やから》
傲慢強欲なテレビやマスコミの輩
我が物顔で泳いでいる腰振るヒラメ
グルメを楽しむ権力者やセレブ

こんな現実のなか　俺はもう意地だけで
片田舎のシャッター街で店を開くが
一流の漆職人　地域文化復興　詩人　ロマン・ロランを夢見て
仏陀を夢見て頑張ろうとは思うが　いつまで持つか
あと少ししかないいいとおしい命

このまま年老いて病院の中で死を待つか
一矢報いずに死を待つか
いな　いな　否　三島と対峙する死に方をひたすら願う
ひたすら手を合わす

二〇一六年二月

# みらいごと

情熱に燃えていた友よ
未来を信じて頑張っていた友よ
君が無念の病死をしてから早や十年

肩を抱き合って未来を見つめ合った若き頃よ
君に貰った日本国憲法の本に感動して
朝まで国のありようを語り合った若き頃よ
民主主義や自由平等平和の夢を
民主教育や詩人としての夢を語り合った君よ

今のこの俺の　孤独な修行の日めくりの姿
今の　この日本の危機
悲しみは深く　時々　一人たまらなく叫び

それでも　六十二歳になっても
時代に置き去りにされた夢見る男のように
思い出すのは君との誓い

・・・

友よ　俺は　若い頃のように
「まだまだ　これからだ」とはとても言えない
でもな　俺は
自分の能力のなさに溜め息はついても
俺は　俺なりに
少しずつ努力していくしかない
みんなのために頑張るしかない
「自利利他行」　この言葉を口ずさむと
不思議と　心は少し元気が出てくるのだ
生きる喜びすら出てくるのだ

友よ　笑ってくれ
俺が今さら弁解すること自体悲しいのだが

民主教育の夢も　結果は悲惨だったけれど
停年まで追求したことは真実で
頑張ったことは間違いないのだ　許してくれ
詩も　人々に知られずに終わってはいるけれども
詩集を六冊世に問うて　今も詩を書いて
死ぬまで求め続けていくことは間違いないのだ
そして退職してからの　地域やお仏壇屋の復活も
漆伝統工芸士になるための修行も
それなりに頑張っていることは間違いないのだ

しかし友よ　大晦日の日に過労で倒れ
死が迫る中で
俺の寿命は期待するほどないのかもしれない
この年での店の復活や漆修行の夢は
無謀な挑戦であるかもしれないと
衝撃的に　心の底から知らされたのだ
あの時
死んだらみんなが笑うだろうなと思いながら

意識を失っていった悲しさよ
正直　俺は何をしているのか

・・・

しかし友よ　喜んでくれ　昨年（二〇一五年）
一つだけ嬉しかったことが　希望が俺に生まれたのだ
それは　武生九条の会に入り
あの多忙な日々の中で　四十年ぶりに
街頭演説やデモまでもしたのだ
その時
俺はひさびさに　日本人に希望を感じたのだ
まだ日本も捨てたものではない
俺たちも捨てたものではない
そう感じたのだ
平和を求めて安保法案に反対して立ち上がった人々
国会議事堂を取り囲んだ呻き　怒りの波
こんな武生の田舎町でも俺たちはデモをしたのだ
みんなが手を振ってくれたのだ

反原発運動も
日本各地で　あちらでもこちらでも
原発の危機を訴えている人がいるのだ
マスコミが取り上げないだけで
政府や政治が無視しているだけで
知らぬところで頑張っている人が
本当にたくさんいるのだ
みんないろんな悩みや苦しみを抱えながらも
なにくそと思って「ひと」としての良心のために
日本の未来のために　真理真実のために
頑張っているのだ
俺は去年　そのことを身に沁みて分かったのだ

・・・

だから友よ
やっぱり俺は　このまま　無理をせずに
自分の信ずるところを永く頑張るしかない
君との誓いをこのまま死ぬまで求めてゆくのだ

やれるだけやってゆくのだ
未来の展望も分からず
希望もなく　不安で
何処に流されていくかも分からないけれど
時々　憂鬱に襲われ　体も辛く腰や足も痛いけれど
譲れないものは譲れないのだ
生きのびて　頑張ってさえいれば
きっと何かが生まれてくる
そう信じて未来に手を合わせて頑張るのだ

友よ
拍手してくれ　俺はもう野路英夫氏の詩だ
　　千年たっても動くな
　　万年たっても動くな
　　てこでも動くな

　　　　野路英夫

二〇一六年三月

# 使命

世の中　嫌なことばかりに見えても
心静かに手を合わしていると
独り林の中で木漏れ日を浴びているように
不思議と無心なやさしい声が聞こえてくる

万象　命のいとおしさに満ち溢れ
澄んだ命の光が
新緑の輝きのように
キラキラと

先日
四十年ぶりに昔の友達が集まった
みんな年をとって同じように老けていたが
会えた喜びでお酒がとてもおいしかった

その時も沁みて思うたことは
私の命もあと少し
こうして過去や未来を語り合うことも
風を味わうことも
この光を感じることも
音楽や月の美しさに浸ることも
妻と共に暮らすことも
あと少し
涙が零れるほどあと少し

それでもまだ僕には
やらねばいけないことが待っている
このあと少しを
せつないほどあわれゆえに
命のいとおしさゆえに
「ひと」として　詩人として
やらねばいけないことが待っている

二〇一六年七月

# 僕は日本国憲法が好きなのさ

僕は日本国憲法が好きなのさ
どうして人はこんな素晴らしい憲法を嫌うのだろ
不思議でたまらない

自由や平等や平和や民主主義を何よりも尊んで
戦争は絶対しない
いいなあ　いいよ絶対にいいよ
基本的人権もいいなあ
この憲法は
僕たちの守り神さ

なんで変えたいんだろ
アメリカが与えたなんて言って
もう何十年も自民党政府は変える策動をしてきたけれども

七十年たっても変えられなかった
それほどに日本人にこの憲法は愛され定着してきたのに
大日本帝国憲法は五十五年ももたなかったじゃないか
なぜこの平和憲法を捨てて戦前のような国を憧れるのだろ
僕にはさっぱりわからない

外国が攻めてきたら守ればよいのだ
みんな平等に、元気に生きてゆくためには守ることも必要さ
それはあたりまえじゃないか
でも攻めに行くことはない　それが平和国家
日本国憲法の基本さ　ファシズムでも軍事国家でもない
民主国家で日本国憲法の中で日本を守るのだ

そりゃ　日本を取り巻くアジアの現状は厳しいさ
中国もロシアも北朝鮮も独裁国家で怖そうな国だ
安倍の好きなアメリカだって
常にアメリカの利益で日本を支配しているじゃないか
経済だって厳しいさ

あの繁栄を誇った日本経済も今では崩壊寸前で
シャープや東芝までも潰れる時代だ
だからなおのこと今まで以上に政治家は
国民のために頑張らなくてはいけないのに
勉強して　民の声を聴いて
国民のために外交でもきちんと日本の立場を主張して
頑張らなくてはいけないのに
自分の無能を常に人や他国のせいにして責任も取らず
覚悟もない　福井県選出の議員も
○○○大臣や○○○○政務調査会長とか言われて　まあ
恥ずかしい限り　情けないばかり
本当にみんな己の利益ばかり　傲慢極まりない
横着で威張って　なあ　ほんとにまあ　情けない限り
選ぶ福井県民も情けない限り
これで憲法が変わって益々彼らの好き勝手な政治が行われたら
もう○利大臣のように逮捕することもできなくなったら
自民党の憲法草案のように
公益及び公の秩序ばかりで批判することもできなくなったら

もう独裁国家そのままだ
日本はまた自由にもの言えぬ戦前の時代に逆戻りだ
安倍の好きな時代に逆戻りだ
ああ　いやだいやだ

なんとしても日本国憲法を守って
みんなで育てて
自由な民主国家を創ろうじゃないか
みんな必死に働いて
みんな必死に勉強して良い物を作って
世界に売ろうじゃないか
再び全員総中流になろうじゃないか
平和国家日本が
技術や文化で世界を支えようじゃないか
世界の憧れの国日本を創ろうじゃないか

二〇一六年七月

# キッス

そう　私は　キッスする
だあれも知らないけれど
こころの中は　この世のあらゆるものと
そう　この世のすべてはいとおしさに満ちている
物語に満ちている　光に満ちている

私は溶けている
感じている
こんな幸せなことはない

時には　悲しい物語も耳にしたり
目にしたりして　怒ったり涙したりするけれど
命あるもののこの地球に生まれた宿命《さだめ》

だから私は
悲しいけれど　じーっとこころ澄まして観つめている

そう　私は　キッスしている
今日は　星になって空に浮かんだ
昨日は　憧れの天山山脈に遊びに行った
ある時は　魚になって泳いだ

でも
生きていくことは　大変
生存競争がないのならとっても楽なのだけれど
命は重い　とっても　重い
だけどそんな贅沢なことを言ったら叱られる
欲望や競争があるから発展するのだから
命があるから　感じたり美しいものが見られるのだから
喜びや感動や笑いは
命あるものへの神様のプレゼントなのだから

# 神様だって悲しい

神様だって悲しい
こころが感じてくれなかったら

みんな冷たくて　戦争ばかりしていたら
こころが鬼になって　わめいてばかりいたら
欲望ばかりでオレガーオレガーと叫んでばかりいたら

こんなに何十億年もかけて創造したのに
この世界を愛とパズルで満たしているのに
神秘と美しさで満たしているのに
感じてくれなかったら　解いてくれなかったら
偉大さにおののいてくれなかったら
言葉にして讃えてくれなかったら
神様だって悲しい

だから神様はヒトに言葉を与えたんだよ

二〇一六年十月

# 柿の木

ひとの心のふるさとは
母の涙

思い出すのは
母の優しさ
無限の信頼

思い出すのは
生まれ育った
田んぼ
山
空

小さな母が田んぼにいて

なむあみだぶつなむあみだぶつと
手を合わす

ふるさとは
母の心
無限の励まし

でももう
ふるさとの家に帰っても
母はいない
裏の畑には
だあれもいない
ただ空間だけが静かに広がっている
おーい誰かいるんかと呼んでもだあれもいない

子どものころよく歩いたあぜ道や山辺は
草ぼうぼうの薄の野原
豊かに実っていた田畑も薄の野原

薄の穂だけがゆらゆらと揺れている

ああ　心のふるさとはもうない
草ぼうぼうの一面の日本の野原だけが
秋の夕陽に広がっている

草ぼうぼうの寂しい日本の野原は
釣瓶落としのようにすぐに寒い冬が来て
風邪をこじらせて雪に埋もれてしまわないかと
不安におちいるばかり

東洋の東の片隅で愛された飛天も
御寺の隅で埃に埋もれている

でも
この草ぼうぼうの野原は
秋の虫や動物たちの楽園だ

夕陽を浴びてぽつんと立つあの柿の木も
誰も知らないが　実はおいしい甘柿だ
母と取ったように　孫と取りに行くのが
ひそかな楽しみだ

二〇一六年十二月

笠原仙一作

*

# タッチ

我が家の初孫アキちゃんは　一歳半になっても
少ししか言葉がでないので
いつ言葉が出るのだろうかと心配し始めたころ
保育園に通い始めた

そして
一週間ぐらいしたころから
保育園の先生に教えられたのか
初めて　タッチ　と言うようになった

それからだ　うれしそうに
走ってきてタッチ　誰にでもタッチ
タッチ　タッチ　タッチ
なんでもタッチ

そして　タッチした後の
安心したような友達になったような笑顔
それはもう世界とつながったような喜びの瞳

周りの大人も　ついつられて　幸せな心になって
小さな手のひらにタッチ
笑ってタッチ

タッチ　タッチ　タッチ
世界にタッチ
この世にタッチ　なかよくなってね　タッチ
これから始まる未来にタッチ

ああ　もう希望が一杯だ

二〇一六年十二月

# ああ　笠原善光堂

僕が住んでる武生の町の善光寺通りは
四十年ぐらい前までは
武生で一、二番の繁華街だった
目の前の三階建てのビルは
武生の街の繁栄の象徴で
どの店もこの通りで店を開いているのが自慢だった

そんな通りの店に公務員としてやってきた僕は
義理の父母（おじいちゃんおばあちゃん）には招かれざる客で
僕の実家も　いざ結婚の話が決まった途端
仏壇屋なんかに行って　と　大反対
通りの近所の人々も安月給の公務員なんかと　と
冷ややかな目
確かに妻との給料を足しても

店の収入より一ケタも二ケタも下だったし
生活ぶりはあまりにも贅沢
こんな贅沢な生活でよいのかと
貧しく育った僕は不安にすら陥るのだった
そして気の良い僕は
結婚してすぐ朝の店の掃除が日課となって
毎日毎日掃除　店が忙しい時は
お仏壇の仕事を手伝ったりと
まあ半分他人から見ると奴隷のような存在だった
それゆえ実家は　この僕の様子にずーっと怒りっぱなしで
近所の人も冷ややかな目から同情に変わり始める始末
でも僕自身はこのような事態にそれほど苦にはならず
むしろ　次第に近所の人とも仲良くなって
この通りが好きになってきた
なにせ奥さんは美人で素敵だったし
僕自身は学校の仕事が中心で家のことは付け足しであったし
学校から帰って来ると待っている晩御飯の御馳走や
妻と一緒に居ることの喜び

子供も二人もできて
それなりに楽しく幸せだった

でも幸せはやっぱり長くは続かず
八年目にして、おじいちゃんは癌で死に
いよいよ笠原善光堂は廃業の危機に陥った
でもおばあちゃんは
百年以上続くこの店だけは潰したくないというし
学校をやめるわけにもいかないし
このたくさんの仏壇の修理をどうしようということで
男手の必要な商売だから僕が頑張るしかなかった
それからもう必死で
部活から帰って夜の九時頃からお仏壇の仕事
土日は　部活以外は店の手伝いと子育て
その多忙さが十年間ほど続いた
今では想像できないほどよく頑張ったし
元気だった

四十四歳　転勤を機に　僕の方は店の手伝いをやめたが
おばあちゃんはそれからも頑張りに頑張っていた
その無理がたたったのか僕が四十六歳の時
おばあちゃんも癌で死んだ
でも死ぬ寸前まで店を開いていた姿に感動し
おばあちゃんが死んでからも店は絶対に潰さないと
僕たちは　土日は店を必ず開けて掃除をし
停年退職したら店は復活と粘りに粘って頑張った
そしてとうとう六十歳　停年退職し仏壇屋は復活した

しかし　四十年という時代の変わりようはすさまじく
武生という町の名も消え　街中は　空地と
シャッター街　あまりにも寂れた街に変わってしまっていた
そしてこの通りも店は半分に減ってしまい
車だけが素通りする寂しい通りに変化した
お仏壇屋も隙間以下の産業と言われ
他のお仏壇屋も廃業に廃業を重ねていて
もうこの街中での本格的なお仏壇屋は我が家一軒というありさま

再開したのはいいが周りはあきれるばかり
親類友達近所一同　業者ですらやめとけと言うばかり
僕自身もほんとにやっていけるのかと　本音は不安一杯で
やりたかった詩や武生九条の会も中途半端で
もうこれで死んだら物笑いと
しかし　決めた以上店は頑張ると意地だけが残り

本物復活
漆文化復活
武生の町復活
善光寺通り復活
伝統工芸士　人間国宝　日本一の仏壇屋を夢見て
サービスをしまくりながらのお客さんの相手
主夫と漆修行の日々

そして　やっと四年目に入った

今では

漆の技術は漆屋さんや業者も褒めてくださるほどで
お寺さんも少しずつ来てくださるようになり
探して探してやっとあったわ　と
杖を突きながらやってくるお客さんたちもたくさんいて
ようやく店を再開して良かった
今はまだ儲かるほどではないけれど
今に儲かるだろうと　実感し始めて

まだまだこれからよ
もう長生きして
今に　この辺りの漆文化の支え人になる
人間国宝を目指す　と
人知れず誓う日々

二〇一七年三月

# 目

あれからもうすぐ六年
今も　遥か太平洋の海をさすらいながら
君の瞳は
平和だった日々の思い出を映しているのだろうか

目から溢れる涙は
波とともに
今も　ふるさとに帰ることを夢見て
流れているのだろうか

でも　悲しいことに君よ
君のふるさとの国は
君や3・11のことをすっかり忘れようとして
なぜか僕らの願いとは逆の

最悪の方向へ方向へとひた走りに走っている
もうオリンピックが済んだ頃には
経済は破綻し
全土に拡散された放射能汚染によって
外国人やお金持ちはみんな
この国から去っているかもしれない

残ったのは僕たちだけで
這いずっているのは僕たちだけで
放射能を喰って生きているのは僕たちだけで

あぁ　この恐ろしい結末の予感

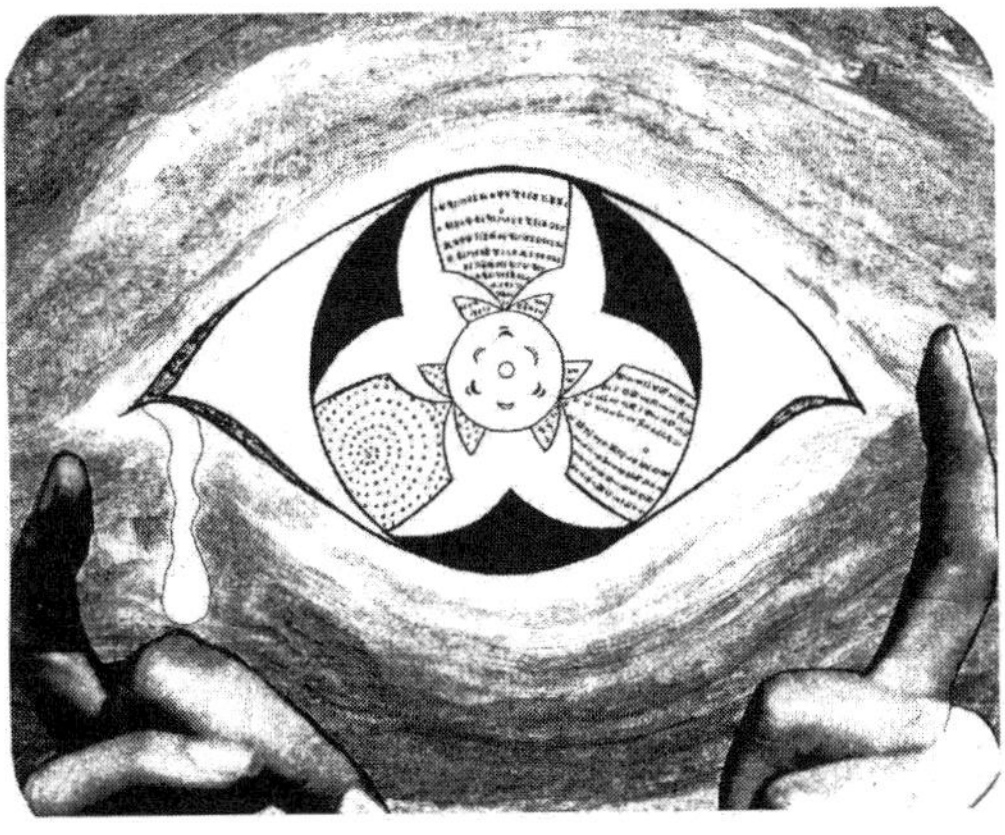

笠原仙一 作

# 祈り

いよいよ僕たち夫婦にとって
三十年ぶりの長島温泉だ
アンパンマンミュージアム
東山動物園だ

いつかは孫たちと行きたいという夢がかなって
なにかウキウキ
春の陽ざしもポッカポカ

公園内は
お父さんお母さん　子供たちでいっぱい
走り回る孫のあきちゃん
よちよち歩きのさやちゃん
息子夫婦の笑い顔

僕たちは
この　平和な光景を見ているだけでも
幸せだった

どうかこの平和な光景が
子供たちや孫たちの時代までも
いつまでもいつまでも続きますように

・・・二〇一七年五月三日
憲法記念日の日に・・・

笠原仙一作

*

# 野の命が泣いている

太陽からいただいた光が命となって
遥かな遥かな　無限のつながりの果てに
花が咲くように　ホッと　あなたも私も生まれて

森羅万象
春夏秋冬
光がキラキラときらめくように
地球の愛に抱かれて
みんな等しく
みんな同じ命として
必死に一生の物語りを紡いで紡いで
次の世代へとつないでいく

そのいとなみには傲慢強欲な心もなく

お金も
さげすみや差別　傲りに充ちた優者も劣者もない
みんな同じ奇跡の中から生まれた
命の　美しい姿

その尊く　自然な
何十億年の命の糸で織りなした美しい世界が
人間の欲望　権力の化身である核によって
捻じ曲げられ　断たれ　破壊され
否定されていく

放射能汚染によって
野の命が
寸断され
曲げられ　変えられていく

命の愛に満ちた　神秘に満ちた螺旋の糸が
何十億年の母の愛に満ちた奇跡の姿が

自然とは無縁の　異物の科学のメスによって
人間の傲慢強欲権力の傲りによって切られていく

人間はその破壊の現実ですら
文明の所業と言ってごまかそうとする
快適な生活をするには仕方ないという
医学や遺伝子工学の力で治すさという

しかし
傲慢強欲権力のエゴによって裁断された命には
歪められた命には　事実が１００％なのだ
与えられた苦しみ悲しみが１００％なのだ

それを運が悪いと言って
居る場所が悪いと言って
都会から離れた土地で良かったとか言われて
無視し差別することは許されることなのだろうか
自然の流れの中で起きることなら致し方ないとしても
自分は安全な土地にいて

傲慢強欲な人々の勝手なエゴや権力で
放射能を垂れ流し撒き散らしておいて
命の犠牲の上に快楽をむさぼり続けていることが
許されることなのだろうか
彼らはそれほどに偉い生き物なのか

否

それは絶対に間違いだ
そんな犠牲の上に成り立つ豊かさなど
本当に幸せな文明とは言えない
いとおしさや慈しみ
野の命の　必死に生きている涙や喜びへの共感を忘れて
共に地球に生きる喜びを忘れて
本当に心豊かな生活などできるのだろうか
怨嗟は次第次第に地に沈んで満ちて
心を　命の姿を壊していく

二〇一七年七月

# 月の歌

幾十年もの僕の心の湖深く
秘かに　せつなく
銀光のように沈んでいる月よ

いつか偶然の一陣の風が
岸辺の木の葉を夜空に舞い上げた時
木の葉に乗って
空に輝くあの美しい月にもう一度会えたらと
秘かに願う時もあったが
このように空白の年月を重ねてしまうと
もうすべては　愛愁という幻想の感傷の中に
涙するしかなかった僕の心よ

でも不思議なことに

年に一度だけ続いた一葉の便りの重なりに
いつしか悲しみは一筋の生きる励みへと変わり
いつかさりげなく便りに乗せて
愛と命の想いに満ちた素敵な詩集を
誰にも作れない最高の漆作品を
あなたのもとに届けたい　と
そんな最後の願いが
僕の心に木魂のように湧きあがる

あぁ
与えられた命があと少しと迫る中で
僕はどうして老いてなどいられよう
いとおしみ願ってきた夢をかなえずして
どうして生きてきた証がえられよう

# 鳥浜*の時は流れて

縄文の遙か昔
オーロラが彩る神秘な北の空で
美しい粉雪が　キラキラ
キラキラ　と舞っている時

鳥浜の竪穴式小屋の中では
親子が夢を見ながら
スヤスヤと抱き合って寝ておりました

見下ろすように村の峠の山の頂では
大きな大きな樟の木さまが笑っておられました
（朝になれば東の空からお日さまと現れ
（冷たい冬が来れば一番に知らせてくださる

村は　今年も
豊かな若狭の海と山の幸に囲まれて
豊作
いつの時代もいつの時代も　しあわせ
あの世もこの世も
樟の木さまの下で結ばれて

時はゆらーりゆらーり
丸木船に揺られ　ゆらーりゆらーり

昔も今も夢見るものは
このしあわせ
この空間

いつの時代も
いつの時代も
願いは一つ

それなのに
ああ　それなのに

＊福井県三方上中郡若狭町に所在する縄文時代の集落遺跡

# 月よ

月よ
僕はだんだん淋しくなる

最近　また一人友が死んだ
平和を愛し
日本国憲法そのもののような優しい人だった
病気で満身創痍であるにもかかわらず
熱いさなか　フラフラになりながらも
国家機密法や安保法制反対のデモに参加していた
僕は彼の痛々しい姿を案じながらも
平和を求める真実の姿　彼の生きざまに
尊いものを感じた

父親も今年八月に死んだ

近衛二連隊に所属して
天皇陛下を守ったことが誇りであった
日本国憲法を愛する人で
いつも仲良せなあかん　戦争はあかん
喧嘩するなやと口癖のように語っていた

思えば戦後七十二年　時の流れの中で
日本の平和を支え
僕の心を励ましてくれた愛する人たちは
ほとんど亡くなってしまった
井上ひさしさんや永六輔さん
米倉斉加年さんも　宇野重吉さんも
都留重人さんも　三浦綾子さんも　家永三郎さんも
数えればきりがないほどのたくさんの
尊敬する人々が亡くなってしまった
それと同時に　日本はファシズムのムードが蔓延し
勝ち組が　政治家やマスコミとともに
傲慢極まりない言葉や態度で日本を支配し始めた

でも月よ
僕は元気だ
僕の心は今も愛する人たちと共に生きているから
僕には　詩と漆と妻がいるから

二〇一七年十二月

# 愛するもの

この　時の流れに
すべては過去になっていく　この
いとおしさが悲しみに変わり
心に沁みつくせつなさよ

去っていくもの
取り返しのつかないものが
増えてきたとき
君が　母が　愛した人たちが
すべてが　僕から離れて逝ったとき
僕は悲しくて
いとおしくて　その孤独に
耐えられなくなって死んでしまうだろう

だから僕は　必死にいとおしいものを
愛するものを抱きしめているのに
抱きとめたいのに
虚しくすり抜けていく時よ

いつか愛する奥さんまでもなくしたら
僕はどうしたら良いのだろう

これが年をとるということか
時代の流れということか

だからもう　残りの生を　母親の如く
爽やかに　できるだけ優しく
できるだけ明るく　手を合わし
すべてに　尽くしていこう

命あるものの慈愛の中に
命あることの喜びに　感謝し　祈り

一日一日を
精一杯抱きしめて生きていこう

二〇一七年十二月

# 日の本が滅んでいく

仕事のことで恐縮だが
仏壇じまいほど悲しい仕事はない

家が狭くて置く場所がないといって
子供もいないし誰も家を継がないからといって
仏教など信じていないといって
新興宗教に入ったといって
都会にいるので親とは住まない
持ってくると嫁さんが嫌がるのだといって
ご先祖が何世代もわたって大切に守り
祈ってきたお仏壇が捨てられていくのだ

特に哀れなのは
絶えてしまって親類に捨てられていくお仏壇だ

だれも見守るものもなく
若かりし時の写真や
旅行に行った時の楽しそうな写真
家族や孫の写真
克明に記録した家族の日記や
ご先祖の誰かの遺髪なども
みんな非情にも気持ち悪いと言って
捨てられていくのだ
仕事だからとはいえ僕は悲しくて
一つ一つ取り出すたびに
その人の　その家族の　あった人生が
すべての思いが迫って来て
一人秘かに涙が流れるのだ

思えばこの日本
日本中いたるところでこのような仏壇じまいが
行われているのだ
過疎化の進む田舎の家は

誰もいなくなり　空地となり
蔵だけが残って
その蔵も盗難にあったりして
すべて朽ちていくのだ
こんなに悲しいことはない

確かに
子供がいないから家が絶えていくのは仕方がない
新しい家族や自分の生き方や宗教を見つけて
元気よく巣立っていくのも大いに結構
都会や外国で頑張るのも素晴らしいことだ
この競争の時代　田舎では仕事がないのも事実だし
仏壇なんか無くても生きていける

でも
僕は　何か淋しいのだ
父母が　先祖が　何世代にもわたって
家族の無事を祈ってみんなで守ってきたものが

良いことがあったら感謝し　悪いことがあったら祈り
お盆や正月になるとお仏壇の前に集まって
笑い　語り合い　感謝しあい祈りあってきたお仏壇が
冷たくゴミのようにあしらわれて
それでよいのだろうか
ご先祖様や家族の帰るところがなくなってしまうじゃないか
家族みんなの魂の故郷がなくなってしまうじゃないか

見てくださいこの日本
繁栄に酔い　言葉や映像に酔い
競争社会の中で利己的になり　傲慢強欲になり
ばらばらになり
根無し草のように漂っているじゃないか
マスコミや政治家　企業に踊らされ
アメリカに吸い取られ　金持ちに吸い取られ
気が付いたら　自分も　何もない
故郷も思い出の地も荒れ放題
こんなことがあって良いものか

日本人の心の中に長い間守られてきたものが
守ってきた心が　営みが消えて良いものか
奪われて良いものか
あぁ　日の本が滅んでいく予感で震えるのだ

二〇一七年十二月

越前武生 正覚寺境内 六地蔵

# 雪よ

雪よ
もうやんでください
雪がいつまでも降りやまないと
生きていくことが怖くなるのです

いつも同じようにあって
平和に過ぎていった日常が
今にもしんしんと壊れていくような不安に
襲われるのです

今回は奥さんもいて
二人で助け合って雪を除けることもできましたが
奥さんの作るおいしいおにぎりと味噌汁に
心はなんとか元気を保ってはいますが

年金も減り
年をとって一人にでもなったら
重いものも運べないし
屋根から落ちても　倒れても
だれも助けに来てくれないのです
しんしんと孤独に降り積もる雪の重さに
僕は　きっと潰れて
死んでしまうでしょう

二〇一八年二月

# じいちゃんの最後の指令

一日一日が命です
命は　一年でも五年でも十年でも人生です
だから必死に我が命を生きなさい

体が弱ってきたなら弱ったなりに動きなさい
子供の時や若い頃と比較することが間違いです
年をとれば弱ることは当たり前
病気をしても
走れなくても　耳が遠くなっても
記憶量が減っても当たり前
その段階で生きるしかないのです
嘆いたり悲しんだり
元気をなくすこと自体が間違いです

そして
本当に動けなくなり
命が尽きることになったなら
その時はもう仕方ない
我が命我が体　諦めるのです
断末魔の苦しみを癒やしていただきながら
宙にとけていくのです
手を合わしていくのです

命あることは　あったい*あったい
美しい山　空
この世界
あったいあったい

*「あったい」は、仏様や自然への感謝の言葉。
武生白山地区の方言。

# 鬼人《おにびと》の嗤い

大飯三号機を再稼働させた
四号機も五月に再稼働させる
ヒヒヒヒ　嗤いが止まらない

地震国日本で原発を作ること自体間違いだろう
日本の真ん中　福井で
福島のような事故が起きたなら
今度こそこの国は完全に滅びるだろう
その日が来たら
愚かな民は逃げる場所もなく
放射能まみれになるだろう
ヒヒヒヒ

しかし　ワシらは

お金もたっぷりとあるし　ヒヒヒヒ
子供や孫は外国で生活しているので
心配は全くない
逃げる準備はとっくにできている

この国の民は愚かで　ヒヒヒヒ
権力には極めて従順　欲と金ばかり
歴史も民主主義も自尊心も人権意識も
命を大切にする心も捨て
お金と自分のことばかり
利己的で傲慢　身勝手な人種さ
子分らが支配するあの県民を見よ
幸福度日本一と宣伝されて喜んでいるじゃないか
愚かなこと限りない　ヒヒヒヒ
ここまで従順だと滅びてもしかたないだろう
欲で心が奴隷になっているのさ
ヒヒヒヒ

# 春ですよ

朝　目が覚めたら
命に窓の光
太陽と小鳥のさえずりに
まだ　生きていますよ

さあ　今日も
がんばろう　と　階段を降りて
愛する奥さんをギューッと抱きしめ
朝のコーヒー豆を挽きます
朝ご飯担当はなにせもう二十年のベテランコック
ホテルよりもおいしい料理に
奥さんはいつもふきのとうよりもにこにこと
手を合わして　いただきまーす

二人が出会った時は　ツンツン土筆だったのにネ
四十年間　一緒に生きてきたからか
いつのまにか連理の土筆になってしまった
だから最近の二人はまるで三月の外の世界のよう

お空もお山も川も　木や草たちも
すべてが今年の辛い冬を乗り越えて
やわらかい春のきざしできらきらと輝いていますよ
四十六億年の命の営みの　新しい息吹の予感で
シャガールの絵のように大空に踊っていますよ

まだまだ　人生はこれから
元気なくしたら駄目ですよ
春ですよ

二〇一八年四月

笠原仙一作

*

# 蛙一匹

お～　この文明は　操作と嘘の
欲と傲慢が支配する世界
優しい人は泣いてばかり
そんな片田舎の　どこにでもあるような町で
おいら達は　ゲロゲロ
他所人《よそびと》にとってはどうでもいいような
自称　武生善光寺通り年寄り蛙

そうさ
お～　寂れたこの通りの店のショーウインドーの前で
四十年　ただ一匹　洗い物をしているおいらの位置は
悲しいほど　お～　絵に収まるほど習慣的だ

下から眺めている丸い眼鏡のめん玉は

誰か知っている人は通らないか
美しい女性が歩いていないか
お客が来てくれないか　と
毎日キョロキョロ　でも　なかなか来てくれない
虚しくても一匹
笑っても一匹
淋しくても一匹
唯一の友達は　近所の　おいらと同じゲロゲロ達

でもこのゲロゲロ達
やっぱり先祖が守ってきた我が店だけは
潰したくないと思っている
おいらの店も　街中一軒しかないお仏壇屋
伝統工芸　本物の漆文化を主張するこの店だけは
おいらの生きる歌が満ちるこの店だけは
なんとしても潰したくないと思っている

お〜　お〜　お〜

あと何年頑張れるか分からないが
お～　お～　お～
この思いは　この町の先祖がおいら達に託す意地
武生善光寺通り　年寄り蛙のアイデンティティー
夢と意地のアイデンティティー

# 俺らの歌

どうしたことか
また大雨洪水警報だ
広島も岡山も
羨ましいほど気候も景色も良い土地なのに
移り住みたいと憧れの土地だったのに
もうこの日本　どこを見ても
安全で居心地の良い土地はなさそうだ

大地震は来るし
火山は噴火するし
原発はそれでも動かそうとするし
冬は豪雪
夏はこの猛暑
もう嫌　ほんとにもう

生きていくことが嫌になってきた

頼みの政治は
災害より宴会　賭博　嘘　やらせ　脅し
もうゲスの極み　欲と傲慢の極み
御用政治家も御用マスコミも御用評論家も
嘘と仮想の世界で言葉と数字を振りまいてはいるが
あそこまで政権に媚びるのでは　もう
末期症状　滅びの宴の様相になってきた

俺らも　一発なんとか反撃したいのだが
益々事態は悪くなるばかり
多勢に無勢　鬱憤は溜まるばかり
これからが本番なのに
この衰えてきた体　耐えられるだろうか

でも俺ら　死んだら負けさ
俺ら「反骨の木」が日本中に生えているだけでも

まだ　日本に希望はある
元気をなくしたら負けよ
妻や友と励まし合い助け合いながら
生きていることが大事なのだ
さあ　今日も　少しのお酒と音楽　詩を書きながら
明日のために寝よう

# 北府駅《きたご》

福井鉄道西武生駅
今は北府駅という

昔と変わらぬ北府駅の線路沿い
歩いている高校生の一団を見ると
昔のことが懐かしく思い出される

彼女は何をしているのだろうか
元気だろうか

初めて出会ってから
彼女を西武生駅の桜の下で再び見つけた時
僕の心はやっと会えた嬉しさでときめいて
それから毎日

彼女が降りてくる電車に間に合うようにと
下宿を出ては
彼女をちらりと眺めながら登校したものだ

彼女は美しかった
瞳がきれいだった
話がしたくてしたくて
とうとう想いが断ちきれずに
告白した

辛かった高校三年次の
ほのかな思い出

あの歩いている高校生の中にも
きっと　昔の僕と同じように
恋する心を秘かにときめかせて
せつなく歩いている者がいるに違いない

ふられてもいいさ
頑張れよ
でも　僕のように悩みすぎたら駄目だよ
いつか素敵な女性が君の前に現れるから
未来はこれからだよ

二〇一八年七月

# 鬼人の嗤い　七月

モリカケはくだらないミスをしたが
やっぱり勝ったわい
マスコミも特捜も国会も　ワシのもの
ワシに刃向かうことができる奴はもういない
これでこの国はワシの思いのままよ
さあ宴会だ　鬼子達よ飲もう
嗤いが止まらない

これからはじっくりと
ワシに反抗した奴の料理だ
さて　どう料理してくれようか
まずは予定どおり死刑の見せしめに
麻原からいくか
国家の怖さをたっぷり見せつけて

それから順に　憎き朝日
共産党　立憲民主党　サンデーモーニング
おう　岸井はこの前死んだか
うまいこと死んでくれるよのう
新天皇の即位も　日本中　厳粛厳かに行って
明治国家一五〇年を見せつけてくれるわ

天も　ワシの味方よのう
地震も良い時期に起きるし
豪雨も良かった
サッカーも上手く利用できた
これからカジノに行かせて
オリンピックで酔わせて
共謀罪でも使って・・・
もう　考えただけでも　ゾクゾク
嗤いが止まらない

それにしても

副総統もワルよのう
官房長官もナカナカ
混迷党らもゴウヨク　よくやってくれるよ
悪《わる》よのう

二〇一八年八月

# 希望の歌

水脈の仲間達よ
俺らはもう三十年近くも
こころをたねとした生活の実感を歌ってきた
真実の願いを　思いを歌ってきた
それが現代詩の世界からどのように離れていようとも
自信を持って歌ってきた

水脈の仲間達よ
俺らは　いつも助け合い
語り合い　批評し合い
人生を共に歩んできた
それが詩を作るものの営みとして
自然に行ってきた
三十年近くも行ってきた

だからもう
その集積である水脈は俺らの宝だ
俺らの軌跡だ
生きた証だ

水脈の仲間達よ
みんな次第に年をとってきた
でも　俺らは最後まで自分の詩を歌うのだ
野路さんも浅田さんも阪下さんも
みんな自分の詩の世界を夢見て頑張って
最後まで主張して生きた
そして俺らも　彼らの跡を継ぐのだ
最後の最後まで　命の思いを　真実の思いを歌うのだ

水脈の仲間達よ
今　世の中は異常気象に襲われ
日本はファシズム国家へと変質し
そして　戦後の最後の俺らの砦

愛する憲法が変えられようとしている時代に
俺らは立ち会っている
このような時代にあって
水脈の存在はあまりにも貴重なものだ
だから　福井の良心　詩誌水脈を育てよう
俺らの旗
詩誌水脈を守り育てよう
その詩を作る営みが
今の人々のこころの共感や励ましとなり
この時代を生きる希望となることを信じて頑張ろう

俺らの仲間だった亡き野路英夫氏の詩

序詩

野路英夫

千年たっても動くな
万年たっても動くな
てこでも動くな

そうだ　死んでも動かず　ぶれず
最後まで　こころをたねとした真実の詩を
歌おうじゃないか

笠原仙一作

*

# 絶対に死なれん

我ら戦後世代
憲法を愛し
平和と民主主義の国を願ってきた我らよ

肉体が衰えようが
あの世が近くなろうが
この国の未来を思うと
もうこのままでは絶対に死なれん
政府はファシズム国家へとひた走りに走り
今ではもう　テロを待つのみだ
共謀罪を使って逮捕し国民を脅せば完成だ
我らはじーっと我慢　我慢
我慢比べだ
我らには　戦前と違い

まだ日本国憲法がある

不平等の選挙制度でも
年をとろうが病気になろうが
一票は持っている
投票する権利は持っている
デモをする権利はまだある
言葉を発することはできる
日本を破壊して独裁化しているのは
政府だ
共謀罪で逮捕すべきは権力者達だ

経済破綻は目の前だ
政府は　己の政策の失敗を
独裁で乗り切ろうとしているが
いつまでも圧力や脅しは続くものか
いつまでも不正や改竄　洗脳は続くものか
いつまでも金持ちや大企業や権力者達の奢りは

続くものか
我らも人間
等しく　心ある人間だ

じーっと
我慢　我慢
ガンジーのように
じーっと耐え　学び　訴え
手をつなぎ　民主化　真実を求めて
抵抗するのだ
腰が痛かろうが
癌になろうが
心臓が悪くなろうが
隣の町内の八十九歳の老師
関俊雄氏のように
生きのびて　生きのびて
日本の危機を語ることが抵抗だ
本音を語り助け合うことが抵抗だ

今に
野党がまとまり
若者も立ち上がり
良心の火が　民主化の火が
日本国憲法を掲げて逆襲するのだ
東京を埋め尽くすのだ
何百万のデモ隊で国会議事堂を取り囲むのだ
その日まで
絶対に死なれん
死んでたまるか
おーい

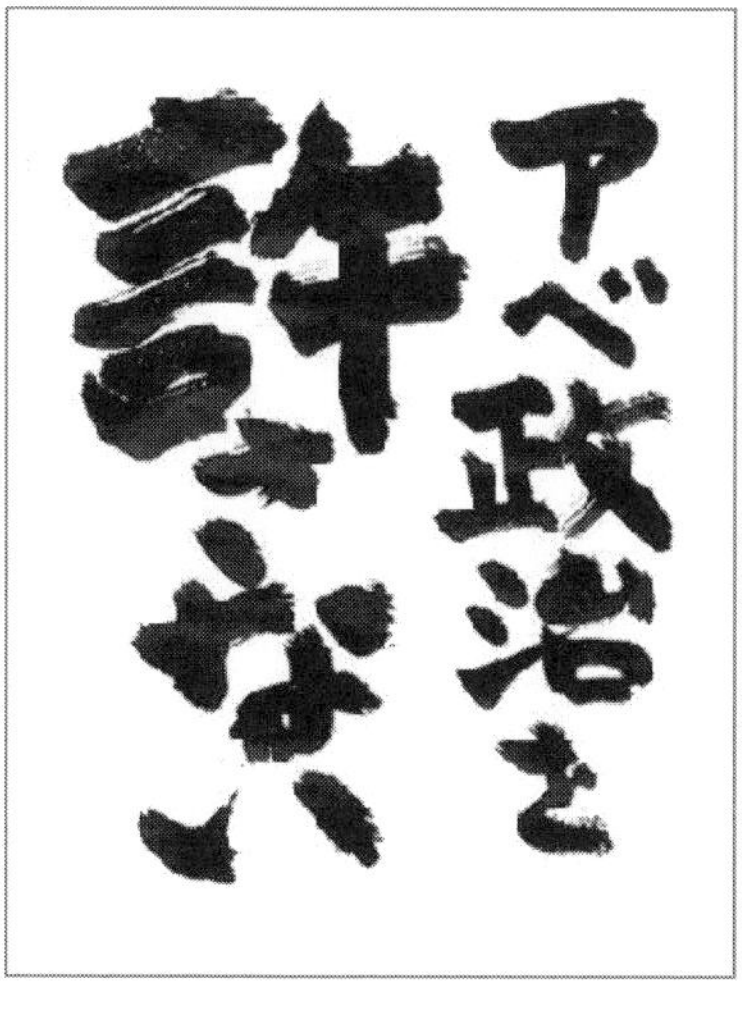


俳人　金子兜太氏　揮毫

# 孤独な闘い

誰もが避けるような注文を
粋がって受け取ったのは良いが
やっぱり　注意しても工夫しても
完璧に美しく塗り上がってはくれない
これでもう上塗り五度目の失敗
二十日近く遅れてきた

期限は迫る
やるしかない
塗り直すしかないが　と
落ち込んだ気を取り直して
なにが駄目なのかもう一度分析
そして再び　綺麗に研ぎ直し
全精神を刷毛先に集中して

漆を塗り直す
緊張と静寂
吐く息も少し　集中が続く
やっと塗り終わり
そーっと　室へ
縮まないでくれ
今度こそ美しく仕上がってくれ
頼む　南無三

次の日の朝
窯出しのように
おそるおそる作品を取り出して見れば
なんと　美しく仕上がっているではないか
やっとできた　ありがたい
ありがたい　と　一人
何度も何度も手を合わしている
僕がいる

# 邂逅

もう一生会うことはできまいと
あきらめていたあなたに
偶然に出会った

四十七年間
あなたも私も別の地で生きてきたけれども
私の心の奥底に潜むいとおしい愛愁の火は
消えることはなかった

そんなあなたと二人
庭園の静寂の中に座っていたとき
私はそのひとときの瞬《しゅん》に
四十七年の愛愁の火が
静かに融けていくのを感じた

眼前の池の端では
とんぼがせっせと卵を落としていた
私は　時が虚脱したような余韻を感じながら
その光景に魅せられていた

ああ
再び　永い別れが来ることは分かっていても
死ぬまで年賀状は出すよ
死ぬ時は連絡するよ

笑って握手し
二人は　時の宙《そら》に　虚しく消えた

二〇一八年十月

# 命の火

## 生きていたくても

供奉《ぐぶ》下士官だったことが誇りの父は
九十五歳になっても呆けることもせず　くどかず
常に一日一日を前向きに生きていた
しかし　体の衰えには勝てず　とうとう歩くことができなくなり
車椅子　おむつへと　父が一番嫌がった姿になり
頑として拒絶していた施設に入れられた

施設に会いに行く度に
早く火葬場に行って燃やしてくれ
と　哀願して皆を困らせた　勿論そのようなことはできるはずもなく
死にたいんか
と　尋ねれば　毅然と

死にたくはない命は惜しい　でも　もうこの体ではどむならん
もう終わりじゃ　終わりじゃ
と　すーっと手を合わして静かに祈るのだった

その日から丁度一ヶ月後
二週間ほどの苦しみを経て静かに眠るように死んだ
あの元気で絶対に死なないと思えた父でも死んだ
死の苦しみに耐え死んだ

僕も父に負けずに死のうと思う
思えば、釈迦も法然も親鸞もデカルトも
死後の世界を楽しみにして死んだ
死後が浄土の世界ならば死んでもいい
体衰え　父や母のようにどうしようもなくなったら
生きていたくても生きていけなくなったら
死んで次に期待するしかない
この世はこんなものかもしれない
人間世界は　もうこんなものかもしれない

言い残したいことはあるか
やり残したことはあるか
と尋ねれば

父は応えた
なんにもない　元気で頑張れや
と

## 負けるな負けるな

齢《よわい》が降り積もってくると
この世のすべてに
そう　未来の時間ですら
読んだような　置き忘れた新聞紙のような
茶褐色のアンニュイ感がよぎったりするのです

そんな硬直した僕の心でも
苦労しながらも
希望に向かって生きている人の姿を見る時や
なにげない優しさや信頼
美しい景色や花々に触れた時など
ふと　年甲斐もなく涙がこぼれてしまうのです

生きていくことは辛い
僕の人生　立派な花など咲いていないですが
でも　泣いていても閉じこもっていても
生きていくことが嫌になっても
どうしようもない
元気を出して生きていくしかない
少しでも自分なりに
楽しく生きていくしかない

負けるな負けるな

## 命あるものは

命あるものは
一人では生きていけない
そんな当たり前のことに気付いたのは
情けないことに四十歳半ばごろから

若いころは
自分に必死で
オレがーオレがーと
主張ばかりしていて
みんなに傷ばかり付けていた
若気の至りとはこのことを言うのだろう

しかし
年を重ねて振り返ってみると
若いころ意気上がっていたことも

一人ではなんにもできていなかったことに驚く
みんなの助けがあって成り立っていたのだ

命あることはみんなの
この地球の　お陰だ
本当の喜びの人生はそのことに気付き
行動したときから始まるのだ

自利利他行の生き方も
創造の喜びも
深い　命あるものの営みの自然から
本物が生まれるのだ

心よ　もっと深く
もっと素直に　感じて　想って

頼むぞ頼むぞ

## 命の火

朝　目が覚めると
僕はいつも君の布団に入り込む
そして
ランプの灯を包み込むように
そっと抱く

君の温かい命の火が
綿毛のように
頬や体全体に伝わってくる

命あることの幸せに
目をつむる

そうしていると
どこからか僕の心に

今日も頑張ろう
朝のおいしいコーヒーが待っているよ
と　言葉が湧いてくる

## 四月

孫との保育園通い
一年が過ぎて再び春がやってきた
あきちゃんはキリン組
さやちゃんはトラ組です

僕も
なんとか元気で　六十五歳になりました

保育園の周りは
爽やかな青空
陽光に映える日野山
畦には
土筆
ふきのとう
タンポポ　菜の花
天高くヒバリの鳴き声
息子の勤める工場も見えて

春　一面の春です

ありがたい
ありがたい

おっ　あきちゃん　速い
さやちゃんも駆けて行く

おじいちゃん早く早く
追いかける僕の足も爽やかです

二〇一九年六月

# 六十五歳からの旬

武生の町では
時々　外国人の男女が
手をつないで歩いている光景に出会う

閑散とした片田舎の町には
なにか不似合いな光景なのだが
二人の歩く姿は
実にほのぼのとして　幸せそう
文化の違いとは言え
羨ましいなあと思いながら眺めてしまう

僕は　残念ながら
照れ屋で恥ずかしがり屋で臆病者だったから
あの二人のように
恋人を路上で一度も抱きしめたことがない

妻と手をつないで歩いたこともない
ああ　人生一度でも
みんなの見ている前でギューッと抱きしめたかった
手をつないで歩いてみたかった

やっぱり　人生には
取り返せないものがある
その時々の　旬がある

六十五歳からの旬　て　なんだろう

僕にとっては　それは
笑われようが自己満足と言われようが
人生で身に付けた智慧と希求
魂を込めた詩の世界の創出と究極の漆芸
北斎のように描ききることだ
あの最後の
天に昇る龍の絵のように

二〇一九年七月

# 秋韻

父母に捧げる
魂のふるさとと未来の展望のために

○

いつもいつも
なむあみだぶつなむあみだぶつ
と唱えるのが口癖で
ほんの秋までは
田や畑にでては
働いていた母よ

病気が判明して
入院して眠っているときでも
はよ行こさ
さあでかけるよ

と言っては
何か楽しい夢を見ているのか
笑っていた

手を合わせ
皆さまありがとうございました
お世話になりましたと何度も何度も言っていた
はやく仏様のところに行きたいと言っていた
入院して約一ヶ月　少しも苦しまずに
二、三日の眠りの後に
九十歳の天寿を全うして
静かに死んでいった母よ

これほど幸せな人がいようか
これほど仏教者がいようか
毎日毎日の念仏が
手を合わす生き方が
こんな死に方を与えたとは

こんな幸せがあろうか
西行もきっとこのように死んだのだろう

私は
父や母の死に様によって
成長した

完璧な安心を与えてくれた人が去るということは
この世に一人となるということ
これから自分がそのような存在にならなくてはいけないということ

人のこころのふるさとは
父や母の生き様
一緒に過ごした時代

なつかしや
思い出すのは
母の優しさ

無限の信頼
思い出すのは
田んぼの畦や畑で一緒に寝転がって仰いだ空の青さ
父や母と家族総出で稲をはさばに架けた楽しい思い出

○

そうして父や母の子どもは親になっていた
仕事に家庭に頑張っていた
辛かろうが苦しかろうが妻と二人で
子どもを育てていた
親になってみて親の苦労が身に沁みた
なんにも知らずにいた
甘えていた　子どもはこんなにも大変なのか
反抗期　そう言えば僕もひどかった
もっと素直だったら今のようにはならなかったのに
などと思いながらも
親と比較しながら自分たちも成長していった

子どもたちがやっと結婚した
これで親のつとめもほぼ終わり
結婚式は子どもたちの喜びでもあるが親の喜びでもある
そう言えば父親も涙していたことを思い出す
孫も生まれた
孫は本当に可愛い　これも真実だった
順番に生き順番に死ぬ　これが地球の命あるものの営み　幸せ
そんなことがこの年になって沁みて分かった
後は死に様だけだ

○

ある天気の良い秋の日の日曜日
用事で実家に立ち寄った
父や母はすでに亡くなっている

坂を上がると
玄関先で
兄貴の息子が

自分の小四の子どもと楽しそうにキャッチボールをしていた
おお　やっているわい
なかなかほのぼのとした　楽しそうな光景だ
などと思って眺めていたら
あれっ　この光景見たことあるぞ　と
ふと感じた

そうだ　この光景は
僕や兄が　父とキャッチボールをした時の光景だ
その兄がほんの昔　息子とキャッチボールしていた時の光景だ
一緒だ一緒だ　なんにも変わらない
四代の親子が　この同じ場所でキャッチボールをしていたのだ
目の前で　あまりに自然に普通に
昔の光景が繰り返されているのだ

それに
澄んだ秋空も　同じだ
赤とんぼも　飛んでいる

家の周りの田んぼも既に刈られている
父の愛した南側の山は　紅葉真っ盛り
柿の実も赤い

みんな　昔そのままだ

○

上の息子は仕事の都合で　栃木県で新しく家を建て
嫁さんと頑張っていた

なかなか出来なかった初孫が二〇一一年十二月八日に生まれた
子どもができたと分かったのが五月頃だったので
東日本大震災で原発が爆発したころだから
みんなが心配した
二〇一一年に生まれただけでも大変なのに
十二月八日は太平洋戦争の始まった日
高速増殖炉もんじゅがナトリウム事故を起こした日でもあるし
大好きなジョン・レノンが暗殺された日だ

なんともないのだろうか
神の落とし子のような予感を感じた

そうしたら怖れていたことが現実となった
親は発達が遅いだけと頑固に否定していたが
三歳になっても　話すことも出来ず
空を見ているばかりでどうも目も十分には見えていないようだ
これはやっぱりおかしいと病院に行って検査をしたら
心配したとおり　目と耳が悪いことが判明した

最初二人は　落ち込んでいたようだが
夫婦で必死に対策を立て始めた
特に　平凡でお嬢さん　おとなしそうに見えていた母親が急に変わった
大学病院は勿論のこと
関東中を　良い病院があると聞いたら連れて行き
先生の指導を積極的に受け入れた
もう居間の壁には教えられたことを貼りまくり

遊び道具も良いと言われることはすべて揃えて
それはそれはびっくりするほど頑張っていた

そうしたら　喜ぶべきことに
ヘレンケラーから脱し始め
目も特製のメガネを作ってから少し見え始め
耳も　手術と特製の補聴器で聞こえ始め
三歳　四歳　五歳と　少しずつ話し始めて
絵や文字も書き始めたではないか
もう発達が止まるかもしれないとの不安の中で
少しずつ少しずつ成長し
次第に　行動も　普通の子に近くなってきたではないか
小一の時の漏斗胸の手術もなんとか乗り切って
今　小学二年生
文字も絵も描けて　会話もやっと普通の子と変わらなくなってきた
勉強も今の所ついていっているらしい
習字も　表彰されるまでになった

そしてありがたいことに
息子たち夫婦が　逞しく優しくなって
二人で立派な家庭を築いているではないか
ありがたいありがたい

親の愛と苦労は本当に人間を成長させる
これから　まだまだ苦難は続くだろうが
なんとか二人で乗り切っていくだろう
希望が生まれた

○

心臓の手術をしたからか
夜が寝られない
それでも静かに横になっていると
秋の虫の音が聞こえてくる

昔は
隣は遊び場で空き地だったのが

今はほんのそばまで家が建っているので
妻と二人で
蝉や虫の音がうるさくて寝られないね
などと言っていた幸せが夢のようだ
でも　どこからか静かに
静かに聞こえてくる

なにか　か細い音色だが
平和を願う歌のように
優しく優しく聞こえてくる
自然の奥底から
澄んだ音色が湧き上がってくるように
心の奥に沈んでくる

思えば
世の中は本当に変わった
元気がなくなったり
絶望や人間不信を感じたりもするが

でも　この虫の音は変わらない
そしてこれからも
コンクリートの片隅に追いやられても
鳴いているだろう
優しい音色を響かせているだろう

この音色が
秋になると響く限り
人はきっと優しくなる
人はきっと自分を思い出す

そしていつかは
この秋の音が広がって
人々の心に
幸せな時間や幸せな世界を広げていくだろう

# For tomorrow

心臓の病気をして
そらが突然落ちてきたかのように
自由がやって来た

もう　好きにしていいんだよ
かはたれ時に響く鳥の声
命があっても　あと十五年だろう
そう思ったら　スッとした

妻を愛そう
真理真実を求めよう
自利利他行の道を進もう
詩をたくさん描こう　漆芸を極めよう

なぜか今から人生が始まるような
覚悟が広がる

そんなボクの明日のために
友に丸メガネを作ってもらった
うん　自由で　哲学的
さあ　オシャレな詩人の誕生ですよ

二〇一九年十月

辻岡正美氏 2012 年度グッドデザイン賞受賞作品

## あとがき

教職を停年退職してからまる五年が過ぎ、六十五歳も終わろうとしています。この間、家業のお仏壇屋を復活しての店の経営や漆修行、主夫、詩誌水脈の事務局の仕事、九条の会、六十四歳からは孫の保育園への送り迎え、そして、六十五歳の夏の終わりには心臓の手術などと、多忙で、充実した日々を送ってきました。その間、世の中は、日本会議や原子力村、大企業と結託した安倍政治が蔓延し、あまりの傲慢さと無法国家・ファシズム国家に堕してしまったと思わざるを得ないような事態に、心配、憂え、憤怒ばかり。家業も予想を遙かに超えた厳しさと未知なる展開、そして体力の衰え。この詩集は、これら五年間の喜怒哀楽の日々の中で抱いた個人的な思いを綴った詩を、年齢順にまとめたものです。それ故、掲載した詩は、第五詩集『明日のまほろば～越前武生からの祈り～』の後、二〇一四年から二〇一九年十月までの、主に、詩誌水脈や福井詩集、詩人会議、他などに発表した作品やそれを手直しした作品が中心ですが、未発表作品も多く含まれています。

それにしても、龍之介、朔太郎、中也、道造、達治、ランボオ、ボードレール、ダリ、他、もう全てと言って良いほどの詩や小説、批評文の熟読耽溺。ほぼ狂人と化して自殺寸前まで追いやられた十代最後の頃を思い出します。あの時、一人下宿の二階で、体や頭が震える中、もうこのままいったら死ぬ、破滅だ。頭だけでは駄目だ、生活の中で、多くの経験を積み、人生の智慧を身に付けなくては本当の文学作品は書けない、彼らを越えることはできない。そう沁みて気付いてから、僕の人間変革が始まりました。自励の詩を書きながら自分を励まし、ポジティブに、努力して努力して、妻や子どもと共にやっとここまでやって来ました。この詩集『命の火』は、こんな自分の努力の、そして未来のための、最後のけじめの詩集です。これでもう、直接的な自励の詩や政治詩は終わろうと思っています。もう十分書きました。

そしていよいよです。これからが最後の本番。僕の命は、あっても後十五年、佳境です。読者の皆様、これから僕が描く詩の世界、どうか楽しみにしていてくださいね。まだまだ僕は元気で、夢一杯です。漆芸もこれからが本番です。さあ、自由でオシャレな詩人の誕生ですよ。お互い頑張りましょう。昔には戻れない。この命、精一杯愛しましょう。

最後に、竹林館の左子真由美氏には、大変お世話になりました。深く感謝申しあげます。

二〇一九年　十一月十日

**笠原仙一**

笠原 仙一（かさはら せんいち）

1954年、福井県に生まれる。現在、高校教師を停年退職し、笠原善光堂の社長をしながら漆芸と詩の道に従事。

1994年 第1詩集『われら憤怒の地にありて』（私家版）
2001年『定本　我ら憤怒の地にありて』（私家版）
2003年「水脈」合同詩集『風と岩と』（福井詩人会議）
　　　　第2詩集『月の夜の詩』（Z-MIRAI企画）
2005年 第3詩集『天涯の郷』（詩画工房）
2010年 第4詩集『ひとと宙《そら》』（土曜美術社出版販売）
2013年 第5詩集『明日のまほろば ～越前武生からの祈り～』（コールサック社）
2019年 第6詩集『命の火 ―詩ロマン―』（竹林館）

所　属 日本詩人クラブ 詩人会議 関西詩人協会 水脈の会 福井県詩人懇話会
現住所 〒915-0822 福井県越前市元町2-32

笠原仙一詩集 命の火 ―詩ロマン―

2019年12月28日 第1刷発行
著　　者 笠原仙一
発 行 人 左子真由美
発 行 所 ㈱竹林館
〒530-0044 大阪市北区東天満2-9-4 千代田ビル東館7階FG
Tel 06-4801-6111 Fax 06-4801-6112
郵便振替 00980-9-44593 URL http://www.chikurinkan.co.jp
印刷・製本 モリモト印刷株式会社
〒162-0813 東京都新宿区東五軒町3-19




ISBN978-4-86000-425-5 C0092